# La recette de la sorcière

## de la sorcière

de Maryvonne Rebillard,
illustré par Bérangère Delaporte

MiLAN

# Chapitre 1

**T**out a commencé, un lundi, par les cordes de guitare cassées.

Après la récréation, la maîtresse nous trouvait trop énervés pour nous concentrer sur un travail.

– Que vous arrive-t-il ? Le temps n'est pourtant pas à l'orage !

De toute façon, on avait trois chansons à répéter pour la fête de carnaval.

La maîtresse est donc allée chercher sa guitare… et a blêmi en voyant toutes les cordes cassées net, comme coupées.

– Hier soir, elles étaient
intactes, j'en suis certaine !
Si l'un de vous sait
quelque chose, j'espère
qu'il viendra m'expliquer.

L'incident a jeté un froid.

D'abord, parce que la maîtresse tenait
beaucoup à sa guitare, et cela nous faisait de la
peine qu'elle ait de la peine. Ensuite, parce que,
nous non plus, on n'y comprenait rien.

– Ce n'est pas grave, a dit la maîtresse en se
ressaisissant, on va chanter avec le CD.

Mais, à la place des chansons, ce sont des ricanements moqueurs, accompagnés de hululements de chouette, lugubres, qui sont sortis du lecteur !

Nos cheveux ont dû se dresser sur nos têtes !

La maîtresse s'est dépêchée d'arrêter le CD. Puis, d'une voix qu'elle s'efforçait de garder calme, elle a simplement déclaré :

– Décidément, c'est un mauvais jour. Ça ira mieux demain !

Si elle avait su !

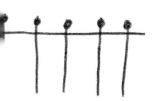

Chapitre 2

L e lendemain, la maîtresse avait l'air d'avoir très mal dormi.

Quand on est entrés en classe, elle a contemplé d'un œil triste et perplexe la place laissée vide par sa guitare, qu'elle avait portée à réparer.

Avec les copains on avait discuté… Une chose était sûre : aucun de nous n'avait coupé les cordes. La maîtresse le savait aussi. Qui alors ? Le même qui avait truqué le CD ?

Mais on n'a pas eu beaucoup de temps pour y réfléchir ce matin-là…

Lorsque la maîtresse nous a demandé de sortir nos cahiers du jour, on s'est de nouveau retrouvés en plein cauchemar.

Nos casiers étaient remplis de crapauds baveux, de serpents gluants, qui sautaient et ondulaient dans nos affaires.

Tout le monde a crié et s'est vite éloigné de sa table.

Élise a eu si peur qu'elle a sauté par une fenêtre ouverte ! Heureusement qu'on était au rez-de-chaussée.

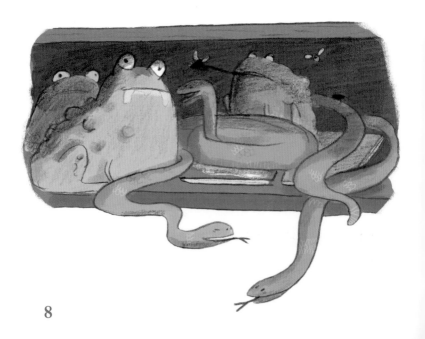

La maîtresse est restée dix secondes muette, clouée sur place de stupeur et d'horreur.

Puis elle nous a dit de prendre nos affaires et de sortir. Puisqu'il faisait beau, on travaillerait dehors. Entre midi et deux heures, elle débarrasserait la classe de ses répugnants envahisseurs.

— Allez, les enfants, courage ! Ne nous laissons pas impressionner par un mauvais plaisantin. Il se lassera avant nous, je vous l'assure.

Tout de même, le mystère devenait de plus en plus épais et inquiétant…

L'après-midi, tout était nettoyé, et on a pu retourner dans notre classe.

Le jeudi, contrairement à nos craintes, on n'y a rien découvert d'extraordinaire.

En fin de journée, on devait peindre nos moulages pour la fête des Mères.

En les distribuant, Anaïs en a laissé échapper un, qui s'est brisé en mille morceaux.

— Tu n'as plus qu'à balayer, a constaté la maîtresse.

Anaïs a pris un balai qui était déjà sorti du placard et a tout ramassé.

C'est quand elle a voulu le ranger que tout a basculé…

Elle gigotait, sautillait, comme si quelqu'un lui courait après en la chatouillant !

– Anaïs ! Arrête tes bêtises, s'il te plaît ! Tu as déjà fait assez de dégâts comme ça, a grondé la maîtresse, mécontente.

– Mais c'est le balai qui me tire !

– Qu'est-ce que tu racontes ? Tiens, c'est bizarre, je n'avais jamais vu ce ba…

La maîtresse, qui avait saisi le balai, s'est arrêtée de parler et de bouger. Comme pétrifiée ! On aurait dit un personnage de cire du musée Grévin.

Dans le même temps, une apparition noire et terrifiante a surgi de derrière son bureau.

– Ha, ha, ha ! Sgarinobuche Gratarafouille ! Bonjour, les enfants ! Vous me reconnaissez ?

Chapitre 3

**S**i on la reconnaissait?

Et comment! C'était Crapota Bominable et sa terrible formule, celle qu'elle proférait en crachant de la fumée quand elle était en colère!

Crapota Bominable était une affreuse sorcière qui, dans une histoire que nous avions lue à l'école, n'arrêtait pas d'empoisonner la vie des quatre enfants d'un roi et d'une reine. Ceux-ci avaient promis à leurs sujets de bannir de leur royaume la sottise et la méchanceté. Forcément, ça contrariait beaucoup Crapota Bominable!

La maîtresse nous avait proposé d'imaginer la suite de l'histoire.

Et on… on ne s'était pas montrés charitables envers la sorcière !

Justement…

– Qui, dans l'histoire, m'a brûlée vive ?

Personne n'a répondu, mais le regard de Crapota Bominable s'est tout de suite dirigé vers Julien… qui l'avait brûlée vive !

– Qui m'a coupée en petits morceaux, hachée menu et transformée en pâtée pour les chiens du château ?

Elle a regardé Alex… Et elle avait raison !

– Qui m'a ligotée, bâillonnée et expédiée dans l'enfer des sorcières ? Qui m'a condamnée à tourner éternellement autour de la Terre en fusée réfrigérante ?

Ce petit « jeu » a duré une éternité. On n'en menait pas large !

– C'est à mon tour de vous tourmenter ! tonitrua la sorcière. Avez-vous apprécié mes superbes serpents dans vos casiers, au moins ?

Elle a ricané, férocement.

– Pas un mot de ma visite à votre maîtresse, ni à aucune autre grande personne, sinon je vous transformerai tous en grenouilles ridicules ou en araignées poilues !

Elle a gobé une grosse mouche bleue, son mets favori, puis a disparu.

– … lai ici, avant ! a terminé la maîtresse, retrouvant aussitôt la faculté de bouger et de parler.

Elle nous a regardés avec consternation.

On était blancs comme des draps, et tremblants comme quelqu'un qui aurait rencontré un bataillon de fantômes !

– Vous en faites, des têtes… Pour un jour où il ne se passe rien de bizarre !

Humm !

– Voulez-vous que nous allions à la mare observer les têtards et les grenouilles ?

– NON ! PAS LES GRENOUILLES !

Un peu plus tard, elle a écrasé une craie par terre, et a voulu balayer. Mais le balai s'était volatilisé…

Enfin, pas vraiment… Nous, on l'a vite repéré en regardant par la fenêtre. Il volait au-dessus de l'école ! Crapota Bominable était assise dessus, à califourchon, et dessinait de grands huit dans le ciel !

QUAND IL VA
POUR
C'EST
Justine a l'air très
Mais n'a
rien d'une
Elle colle
DES CHE
c'est vraiment
Martin es
POUR LES
ANAÏS EST
JULIEN
EST
ELLE CROIT QU
MAIS C'EST TOUT !

Chapitre 4

En essuyant le
Hier soir, Thibaut
A piqué des Craies de Couleur
Ce n'est pas un petit voleur !

L e jour suivant, les murs et les tableaux de
la classe étaient recouverts de poèmes très
spéciaux.

Dans son appétit de vengeance, Crapota
Bominable n'avait épargné personne :

Justine a l'air très sage
Mais n'a rien d'une image
Elle colle des chewing-gums sous son bureau
C'est vraiment pas très beau

EN essuyant le tableau
Hier soir, Thibaut
A piqué des craies de couleur
Ce n'est qu'un petit voleur !

Martin est un vrai nul
Pour les devoirs de calcul
Il copie tout sur son voisin
C'est vraiment pas malin !

Mais la maîtresse ne nous a pas laissé le temps de tout lire :

– Quelles infamies ! Qui peut s'en prendre à nous de cette façon ignoble et lâche ?

Nous, on savait QUI. Et on pouvait parier qu'elle n'apprécierait pas d'être traitée de lâche !

– Il mériterait…

— C'est rien, madame, on va vous aider à tout effacer, a coupé précipitamment Thibaut.

Il était inutile d'aggraver notre cas ! Crapota Bominable disposait déjà d'assez de motifs pour se venger !

Pendant le week-end, une épidémie de panique aiguë avait fait des ravages. Et, le lundi, on n'était que dix-sept élèves sur vingt-huit. Les présents ont d'ailleurs immédiatement regretté leur excès de bravoure.

La salle de classe était traversée de toiles d'araignées gigantesques. Dedans se débattaient des bestioles tout aussi gigantesques. Elles ressemblaient à des mouches, des punaises ou des cafards… mais qui auraient bu de la potion magique pour devenir géants.

On est vite ressortis dans le couloir.

– Ne bougez pas. On ne touche à rien, et je vais chercher M. le directeur. Cette fois, ça suffit ! a décrété la maîtresse.

# Chapitre 5

La maîtresse est revenue accompagnée du directeur et de M. le maire.

On se demandait bien quelle serait leur réaction !

Après examen des toiles d'araignées et de leurs prisonnières géantes, le maire a affirmé, d'un air sûr de lui :

– De la laine très épaisse, et des insectes factices, achetés dans un magasin de farces et attrapes. Vous pouvez rentrer dans votre classe, il n'y a aucun danger !

N'empêche que, quelques minutes plus tôt, il ne crânait pas autant, laissant prudemment le directeur entrer le premier.

Crapota Bominable avait dû bien rire.

Chacun a regagné sa place.

La maîtresse était au bord des larmes.

D'une petite voix, elle a raconté à notre directeur et au maire les événements précédents. Elle a voulu leur faire écouter le CD avec les cris de chouette, mais… les chansons étaient revenues, comme par enchantement !

Le maire a souri. Comme la maîtresse levait les bras en signe d'incompréhension totale, il nous a regardés d'un air soupçonneux.

– Vos élèves savent peut-être quelque chose…

La maîtresse a retrouvé son courage pour protester, et prendre notre défense :

– Vous n'allez pas les accuser, tout de même ! Ces petits ont déjà été assez bouleversés ces jours-ci par tout ce qui s'est passé !

– C'est vrai, a renchéri le directeur. Rentrez chez vous, les enfants, pas de classe aujourd'hui !

Chapitre 6

Mardi.

Nous étions encore moins nombreux que la veille. À notre arrivée, la voiture du directeur était garée devant notre classe. Il avait tenu à monter la garde pendant la nuit.

À l'intérieur, tout paraissait normal. Mais on savait que cela ne signifiait pas que la matinée serait tranquille.

Pourtant, la maîtresse, rassurée, est sortie discuter un moment avec le directeur.

De notre côté, on attendait. Personne ne parlait.

Et le silence a brusquement été rompu par un ronflement… MONSTRUEUX !

Dans un bel ensemble, on a sauté de nos chaises, cherchant d'où cela provenait.

Jordan a trouvé le premier :

— C'est Crapota Bominable. Elle est là !

Affalée derrière la table de travail manuel, elle DORMAIT.

Elle a eu quelques difficultés à reprendre ses esprits, très vexée d'avoir été découverte en plein sommeil.

– Avec le mal que je me donne, je suis extrêmement fatiguée, a-t-elle rouspété.

Euh… Nous, on n'avait rien demandé !

Un sifflement perçant nous a, une fois de plus, fait frôler la crise cardiaque. Crapota Bominable a fouillé dans ses poches, et a sorti… un téléphone portable.

C'était sa chef, la Sorcière aux pouvoirs infinis, qui l'appelait. Pas contente du tout! Elle hurlait, et on a tout entendu :

– Ça fait des heures que j'essaie de te joindre! Tu roupillais, ou quoi?

– Non… non, a bredouillé notre sorcière, pas fière d'elle.

Menteuse!

– Un gamin à l'autre bout de la Terre réclame une histoire qui fait peur. Toi seule es assez laide et assez cruelle pour lui donner des frissons, et tu as abandonné ton poste ! Rejoins immédiatement *Le Grand Livre des histoires de sorcières*, que tu n'aurais jamais dû quitter… ou je te transforme en ballon de foot !

– J'a… J'arrive ! Vite, mon balai !

On l'a aidée à le chercher, prêts à lui fournir si nécessaire un aspirateur turbo pour qu'elle déguerpisse plus vite.

Le balai retrouvé, elle a enfin disparu dans un tourbillon de poussière.

Bon débarras. Et tant pis pour le ballon de foot.

La maîtresse est revenue, sourire aux lèvres :

– Bien. Nous allons pouvoir nous remettre à travailler sérieusement. Je vous propose aujourd'hui de commencer une nouvelle histoire : celle d'un fantôme qui…

– NON ! PAS DE FANTÔME !

© 1999 Éditions Milan, pour la première édition
© 2014 Éditions Milan, pour la présente édition
1, rond-point du Général-Eisenhower, 31100 Toulouse – France
Loi 49.956 du 16.07.1949 sur les publications destinées à la jeunesse
Dépôt légal : 3e trimestre 2017
ISBN : 978-2-7459-6833-3
editionsmilan.com
Mise en pages : Graphicat
Imprimé en France par Pollina – 82151B